W9-ABV-391

# Sagan om det röda äpplet

**Text/Bild: Jan Lööf**

SAGAN OM DET RÖDA ÄPPLET
© 1974 Jan Lööf / Bonnier Carlsen Bokförlag, Stockholm
All rights reserved
Tryckt i Belgien av Proost, 2011
Tredje upplagan i Ekorrserien
ISBN: 978-91-638-2673-3

www.bonniercarlsen.se

BONNIER CARLSEN

Det var en gång en gubbe i randig kostym,
som råkade gå förbi en fruktaffär.
– Det skulle smaka gott med ett riktigt saftigt äpple,
tänkte gubben och gick in i affären.

Frukthandlaren tyckte gubben såg lättlurad ut
och tog fram ett konstgjort äpple av plast.
Det här är verkligt fint äpple,
men det måste ligga en stund i solen och mogna
innan det går att äta, sa frukthandlaren.

Frukthandlaren skrattade för sig själv och gick ut på gården.
Han höll ingen vidare ordning omkring sig,
men en sak var han noga med.
Sitt sällsynta röda jätteäpple!
Det skulle säkert få första pris vid fruktutställningen.

Gubben i den randiga kostymen gick iväg hem till sitt.
Hans äpple kunde inte vinna några priser,
för det var ju av plast.
Men det visste inte gubben.

– Den som väntar på något gått väntar aldrig för länge,
tänkte gubben och lade äpplet på fönsterbrädet
så att det skulle mogna.

Så satte han igång att bygga på sitt modellfartyg.
Då varken såg han eller hörde något annat ...

Han märkte aldrig att papegojan råkade stöta till äpplet
så det ramlade ner i huvudet på gamla mormor.
Mormor skrek till så högt att hennes kattunge blev livrädd
och for upp i trädet.

Lille Pär råkade just gå förbi och mormor trodde förstås
att det var han som kastat äpplet.
Pär var inte van vid att få skäll för ingenting,
så han sprang gråtande hemåt ...

När lille Pär sprang över Storgatan, såg han sig inte för.
Rektorn, som kom körande i sin nya bil, fick tvärbromsa.

Bilen sladdade och körde rakt in i planket
till frukthandlarens trädgård.

Frukthandlaren var rasande
för att hans plank var förstört
och rektorn var arg för hans nya bil var sönder.
Ingen lade märke till Bertil
som kom cyklande på väg till skolan.

– Det där fina äpplet ska min lärarinna få.
Då kanske jag får bättre betyg, tänkte Bertil.
Och så tog han äpplet.

Bertils lärarinna såg inte ens åt äpplet.
Hon var arg för att barnen inte satt på sina platser.

Barnen tittade på en polis som stod på skolgården.
– Jag vill bara veta om ni har sett någon bov
med lösskägg och solglasögon, ropade polisen.

- Han är här, skrek Bertil. Hoppas han kommer undan!
Boven kunde inte låta bli att ta med sig äpplet då han smet.

Men boven kom inte långt.
I korridoren stötte han ihop med rektorn
och tappade äpplet ...

... som for rakt genom fönstret.
Två brandmän var just på väg för att plocka ner
en kattunge ur ett träd
och den ene brandmannen fångade äpplet i luften.

Fantastiskt gott äpple, tänkte brandmannen.

Men för att klara av en kattunge,
måste man ha båda händerna fria,
så han lade ifrån sig äpplet på fönsterbrädet.

Under tiden hade gubben just blivit färdig
med sitt modellfartyg.
– Mitt äpple! Hurra, vad fint det har blivit,
ropade gubben.

Men så blev han lite arg
när han såg att någon hade bitit i det.
– Fy på dig. Du ska inte snaska på andras äpplen,
sa han till papegojan.

Men gubben var inte arg på riktigt.
Han gick ut i det fina vädret för att ta en promenad.
Jag kanske ska hälsa på frukthandlaren igen, tänkte han.

– Jag måste ge er beröm för det fina äpplet, sa gubben.
Frukthandlaren såg förvirrad ut.
Det ser ju ut som mitt äpple, tänkte han.

– M-mitt äpple! Borta! Det är inte sant,
stammade frukthandlaren.
Han trodde inte sina ögon.

Gubben i den randiga kostymen fortsatte sin promenad,
medan frukthandlaren satt under sitt äppelträd och grubblade.
Men hur han än grubblade kom han aldrig på hur
det hela hade gått till.
Och det kan man ju inte heller begära.